Dados Internacionais de Catalogação na Publicação (CIP)
(Câmara Brasileira do Livro, SP, Brasil)

> Sousa, Mauricio de
> Turma da Mônica princesas & princesas : a princesa e a ervilha : Alice no país das maravilhas / Mauricio de Sousa ; [adaptação de textos e layout Robson Barreto de Lacerda]. -- 1. ed. -- Barueri : Girassol Brasil, 2018.
>
> ISBN: 978-85-394-2092-6
>
> 1. Contos - Literatura infantojuvenil I. Lacerda, Robson Barreto de. II. Título.
>
> 17-03709   CDD-028.5

Índices para catálogo sistemático:

1. Contos : Literatura infantil   028.5
2. Contos : Literatura infantojuvenil   028.5

GIRASSOL BRASIL EDIÇÕES EIRELI
Al. Madeira, 162 - 17º andar - Sala 1702
Alphaville - Barueri - SP - 06454-010
leitor@girassolbrasil.com.br
www.girassolbrasil.com.br

Diretora editorial: Karine Gonçalves Pansa
Coordenadora editorial: Carolina Cespedes
Assistentes editoriais: Carla Sacrato e Talita Wakasugui
Orientação psicopedagógica: Paula Furtado
Diagramação: Isabella Sarkis (Barn Editorial)

Direitos desta edição no Brasil reservados
à Girassol Brasil Edições EIRELI.

Impresso na Índia

Estúdios Mauricio de Sousa apresentam

Presidente: Mauricio de Sousa

Diretoria: Alice Keico Takeda, Mauro Takeda e Sousa, Mônica S. e Sousa

Mauricio de Sousa é membro da Academia Paulista de Letras (APL)

Direção de Arte
Alice Keico Takeda

Diretor de Licenciamento
Rodrigo Paiva

Coordenadora Comercial Editorial
Tatiane Comlosi

Analista Comercial
Alexandra Paulista

Editor
Sidney Gusman

Layout
Robson Barreto de Lacerda

Revisão
Ivana Mello

Editor de Arte
Mauro Souza

Coordenação de Arte
Irene Dellega, Maria A. Rabello, Nilza Faustino, Wagner Bonilla

Produtora Editorial Jr.
Regiane Moreira

Desenho
Anderson Nunes, Lancast Mota

Cor
Giba Valadares, Kaio Bruder, Marcelo Conquista, Mauro Souza

Designer Gráfico e Diagramação
Mariangela Saraiva Ferradás

Supervisão de Conteúdo
Marina Takeda e Sousa

Supervisão Geral
Mauricio de Sousa

Condomínio E-Business Park - Rua Werner Von Siemens, 111 Prédio 19 - Espaço 01 - Lapa de Baixo – São Paulo
SP - CEP: 05069-010 - TEL.: +55 11 3613-5000

© 2018 Mauricio de Sousa e Mauricio de Sousa Editora Ltda. Todos os direitos reservados.
www.turmadamonica.com.br

Princesas & Princesas

Alice no País das Maravilhas
A Princesa e a Ervilha

A Princesa e a Ervilha

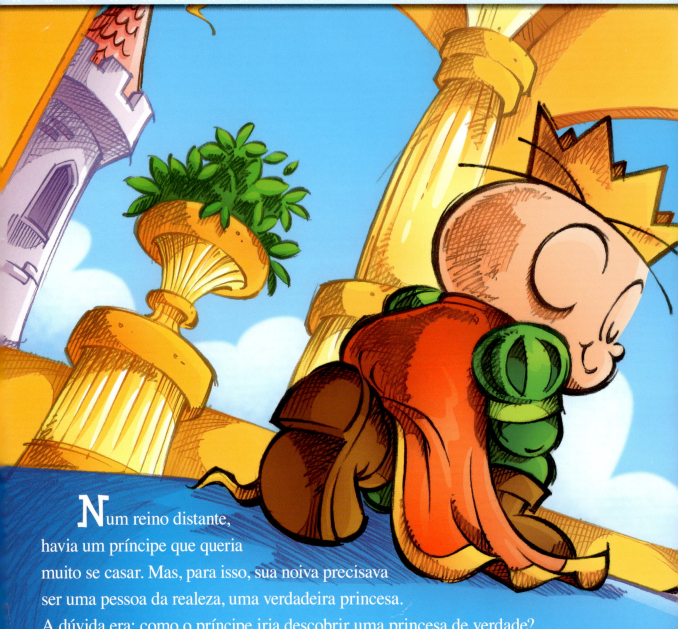

Num reino distante, havia um príncipe que queria muito se casar. Mas, para isso, sua noiva precisava ser uma pessoa da realeza, uma verdadeira princesa. A dúvida era: como o príncipe iria descobrir uma princesa de verdade?

Ele resolveu consultar sua mãe, a rainha. Um dia, enquanto passeavam pelo jardim do castelo, ela o aconselhou:

– Filho, você saberá identificar as que não são verdadeiras. Se alguma mexer com o seu coração, faremos testes para verificar se realmente é uma princesa.

O príncipe preparou sua bagagem real e viajou o mundo todo procurando a sua amada. Decidiu que se hospedaria no castelo de suas pretendentes para observá-las de perto e, assim, conheceria melhor os hábitos e valores das princesas.

Chegando ao primeiro reino, foi recebido pelo rei e sua filha. A moça era muito bonita e delicada. Mas alguma coisa não convencia o príncipe da sua real condição. Ele a chamou para um passeio pelo reino.

Ao chegar na aldeia, ele percebeu a expressão de medo dos moradores na presença de um membro da família real. O povo era muito pobre e sofrido, e a princesa não se importava com isso.

O príncipe soube na mesma hora: uma verdadeira princesa jamais deixaria seu povo com medo e vivendo na pobreza.

Então, decidiu partir para o segundo reino, que era famoso por ter muito luxo e pompa. Diziam que lá as pessoas eram saudáveis e felizes.

– Acho que lá encontrarei uma verdadeira princesa, pois aquele reino de que tanto falam, com certeza, sabe tratar bem seus súditos, diferente deste aqui.

    No jantar de boas-vindas, ele foi apresentado à princesa, que era bonita e elegante. Mas, na hora da refeição, quando um dos empregados derrubou sem querer suco de uva em seu vestido, a moça mostrou seu verdadeiro caráter. Gritou e xingou o empregado, humilhando o rapaz na frente de todos.

    – Uma princesa sem educação e compaixão não é uma verdadeira princesa – concluiu o príncipe. E seguiu viagem para o próximo reino.

O terceiro lugar também era maravilhoso. O vilarejo era próspero e feliz. O príncipe ficou esperançoso de conhecer ali sua futura esposa.

A princesa era tão linda como uma noite estrelada. Mas tinha uma tristeza no olhar. Quando os dois conversaram, o príncipe percebeu que a garota era insatisfeita, reclamava de tudo e todos. Para ela, não existia felicidade.

Assim, mais uma vez o príncipe partiu decepcionado. Afinal, uma pessoa que não se alegra com a vida não poderia ser uma princesa de verdade.

Eo príncipe continuou visitando muitos reinos, mas sempre descobria que as pretendentes não eram princesas de verdade. Assim, ele voltou para casa, mas não desistiu da ideia de encontrar sua companheira.

Então, em uma noite de tempestade, bateram à porta de seu castelo. Quando abriram, viram uma jovem ensopada pela chuva, com o sapato todo descolado e os cabelos embaraçados. Ela pediu para dormir lá e afirmou ser uma verdadeira princesa.

O rei, a rainha, o príncipe e os empregados olharam a moça com desconfiança, mas ofereceram de bom grado a hospitalidade.

A moça tomou banho e vestiu uma roupa emprestada pela rainha. Quando entrou na sala de jantar, todos a olharam admirados: ela emanava beleza e formosura.

– Os trajes caíram bem. Nossa hóspede parece uma princesa! – comentou o príncipe.

– Calma, meu filho! Lembre-se: beleza e elegância já nos enganaram antes.

– Mas notem! Esta moça come feito uma verdadeira princesa! – exclamou o rei.

Depois do jantar, o príncipe convidou a moça para conhecer o interior do castelo. Enquanto caminhavam, ela contou sobre sua aldeia, que conhecia e ajudava seus súditos e se preocupava com o bem-estar de seu povo.

Admirado com a bondade da moça, o príncipe chamou a rainha e disse que não tinha mais dúvidas: havia encontrado sua princesa.

Mas a rainha faria ainda um último teste, para saber se a jovem era realmente uma princesa.

A rainha, então, pediu para seus criados prepararem os aposentos para a nova hóspede.

Ordenou que colocassem uma pequena ervilha sob o colchão e depois empilhassem vários colchões em cima dela.

A princesinha estranhou a altura da cama, mas estava tão cansada que rapidamente caiu no sono.

No dia seguinte, a rainha perguntou:

— Dormiu bem, minha jovem?

— Sou muito grata pela hospedagem, mas havia alguma coisa no colchão que machucou minha pele a noite inteira. Estou cheia de manchas roxas pelo corpo.

A rainha, então, teve certeza de que ela era uma verdadeira princesa. Só alguém de sangue real teria uma pele tão delicada e sensível.

O casamento foi realizado naquele mesmo dia, e foram sete dias e sete noites de festa.

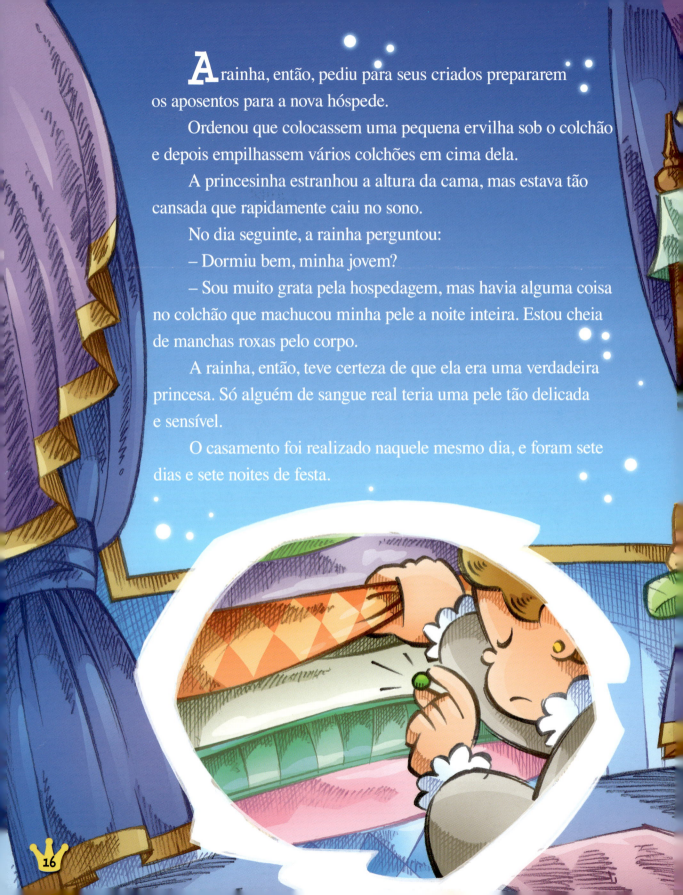

Alice no País das Maravilhas

Alice era uma menina muito feliz, que adorava ler e ouvir histórias.

Um dia, lia seu livro preferido à sombra de uma árvore e ficou muito sonolenta. Ela fechava os olhos para descansar, quando ouviu:

– Está tarde! Vou me atrasar, já é muito tarde!

Alice abriu os olhos e viu que a voz era de um coelho branco que passava correndo por ali. Espantada com o animal falante, correu atrás dele.

Os dois caíram num buraco fundo e escuro, mas, ufa, pousaram em uma almofada confortável.

O coelho continuou a corrida e entrou por uma porta bem pequenininha.

Alice pensava no que fazer quando viu uma lata de biscoitos com "ME COMA" escrito nela.

A menina comeu os biscoitos e, como por encanto, diminuiu até ficar do tamanho do coelho.

Assim, Alice conseguiu atravessar a porta e chegou em um imenso jardim, com soldados vestidos de carta de baralho e pintando flores.

– Por que pintam de vermelho as flores brancas? – perguntou Alice.

– A Rainha de Copas só gosta do vermelho e, por engano, plantamos estas flores brancas. Se ela descobrir, vai mandar cortar nossas cabeças! – explicou um dos soldados.

Alice se assustou com a crueldade da rainha, mas evitou comentários e perguntou:

– Procuro um coelho branco, vocês o viram?

– Sim, ele está tomando chá com o Chapeleiro Louco – respondeu um dos soldados.

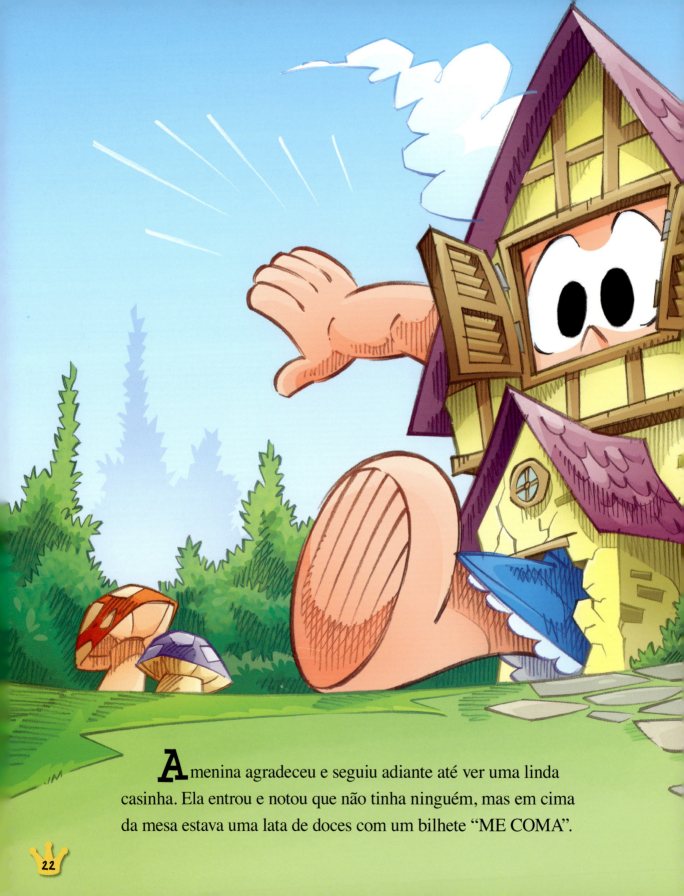

A menina agradeceu e seguiu adiante até ver uma linda casinha. Ela entrou e notou que não tinha ninguém, mas em cima da mesa estava uma lata de doces com um bilhete "ME COMA".

Alice lembrou do biscoito que a tinha feito diminuir de tamanho e experimentou o doce, pensando que voltaria ao seu tamanho normal. Porém, ela se esqueceu de sair da casa antes! E Alice cresceu tanto que destruiu a casa inteira!

Quando se livrou dos restos da casa, encontrou um gato risonho.
— Bom dia, seu gato! Por acaso você sabe me dizer onde encontro o coelho branco?
— Claro, menina! Dê trinta passos para a frente, vinte passos para trás, dezessete para a esquerda e você encontrará o que procura!
Alice resolveu não contrariar o felino. Fez o que ele recomendou e encontrou o Chapeleiro e o coelho tomando chá ao ar livre.

Eles convidaram a menina para o lanche. Alice aceitou e sentou-se, mas a conversa entre eles era muito estranha.

– Mais suco, Lebre?

– Claro, um chá sem manteiga, por favor! E um pedaço de pão sem açúcar.

– E você, menina, gostaria de leite sem casca?

Alice achou aquele diálogo tão esquisito que correu dali.

– Será que só tem malucos por aqui? – pensou alto.

Para piorar ainda mais, apareceu a Rainha de Copas com seus tacos de críquete. Ela apontou para Alice:

– Venha, menina, preciso de uma adversária para o meu jogo.

– Mas eu não sei jogar! – respondeu Alice.

– Como ousa me afrontar? Guardas, prendam essa garota! – gritou furiosa a rainha.

– Calma, Majestade! Se a senhora me ensinar como se faz, eu jogo! – respondeu Alice, assustada.

– Assim é melhor, o jogo é muito simples. Até mesmo uma tola como você pode aprender – argumentou a governante.

Quando a rainha se aproximou da menina, escorregou na barra do próprio vestido e caiu. Ao se levantar, viu que estava sem um dos brincos.

– Cadê meu brinco de ouro? Esta menina deve ter roubado. Guardas, cortem-lhe a cabeça!

– Não roubei nada! – gritava Alice enquanto corria sem parar.

Os soldados correram atrás dela e estavam quase capturando a menina quando…

Alice abriu os olhos e acordou.
– Ufa, foi tudo um sonho! – suspirou.
Porém, para sua surpresa, quando olhou para o lado, lá estava o coelho branco olhando seu relógio.